AF823248

Yolanda Arroyo Pizarro

Thiago
y la aventura de los túneles de San Germán

editorial EDP UNIVERSITY

Tercera Edición, 2018

ISBN: 978-1-942352-09-9

Portada e ilustraciones: Brittany Gordon Pabón

Diagramación: Linnette Cubano García

2015 - 2024
DECENIO INTERNACIONAL DE LOS
AFRODESCENDIENTES
RECONOCIMIENTO, JUSTICIA Y DESARROLLO

Este proyecto forma parte de los trabajos de la Cátedra de Mujeres Negras Ancestrales que dirige Yolanda Arroyo Pizarro como iniciativa para celebrar el Decenio Internacional de los Afrodescendientes convocado por la UNESCO (2015-2024)

EDP University of Puerto Rico, Inc.
Ave. Ponce de León 560
Hato Rey, P.R.
PO Box 192303
San Juan, P.R. 00919-2303

www.edpuniversity.edu

Editorial EDP

Este libro va dedicado a mi sobrino
Thiago Figueroa Oliveras

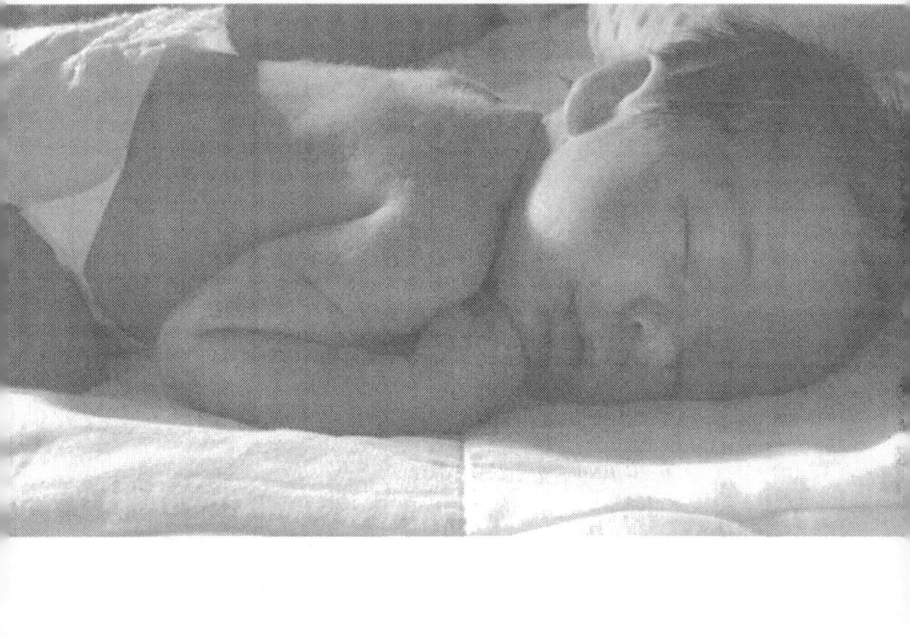

1

Hoy hace una agradable y calurosa mañana isleña. En el hermoso pueblo de San Germán un grupo de estudiantes bulliciosos aprende la historia de los comienzos del terruño. La maestra Rosalin ha terminado el periodo que corresponde a la clase de Estudios Sociales. El grupo ha disfrutado la discusión sobre los orígenes del pueblo; han hablado de los españoles, de los nativos taínos y de la mano obrera africana. Los estudiantes han hecho buenas preguntas sobre las imágenes y pegatinas que se encuentran colocadas como recordatorio en las paredes del salón. En ellas se muestra la Plaza de Recreo, el antiguo convento de Santo Domingo de Porta Coeli y el viejo hospital de la Concepción. Maestra Rosalin decide terminar la clase diciendo:

—Es importante recordar que el nombre de San Germán fue otorgado a la ciudad en reconocimiento de una persona importante. ¿Quién era esa persona?

Thiago levanta la mano, y cuando la maestra dice que conteste, él vocifera:

—La segunda esposa del rey Fernando El Católico.

—Muy bien. ¿Alguien se acuerda cuál era su nombre?

Vanesa, jugándose con las trenzas de cintas coloridas, alza su brazo.

—Germana. —dice.

—Excelente, Vanesa. Germana Foix. Su apellido era francés. ¿Alguien sabe el año aproximado? Lo dijimos en el día de ayer.

—1526. —contesta Oliver y se echa inmediatamente a reír.

—Estuviste cerca, Oliver. El año exacto no se conoce, pero se cree es 1506. Vamos a aplaudirnos por el gran trabajo que hemos hecho hoy recordando datos históricos, chicos. —todos aplauden.

—Ahora pasemos a nuestro periodo de la clase de dibujo y pintura.

La maestra Rosalin reparte papeles de colores y da instrucciones para que los estudiantes dibujen corazones. Como la maestra es una educadora que siempre está muy feliz, que incluso transmite esa energía a sus estudiantes, baila y tararea una canción típica mientras brinda a cada estudiante del salón su papel. Ella mueve sus brazos como si estuviera tocando el tambor, y da vueltas rítmicamente alrededor de las dos mesas largas del salón que dividen al grupo en dos. Los chicos ríen mientras algunos hasta tamborilean sobre las mesas como lo hace ella. Cuando llega hasta el lugar en donde se encuentra sentado Thiago, Rosalin le brinda un papel color naranja. Thiago levanta la mano y pide permiso para hablar.

—Maestra Rosalin, ¿puedo mejor tener un papel de color verde?

—Por supuesto, Thiago. ¿Hay alguna razón especial por la que desees ese color? —le contesta la maestra.

—Sí. Es que aprendí en el *smartphone* de mi mamá que los colores tienen significado. Ella tiene un *app*, que es como se llama a los programas que te ayudan a entender y a estudiar en los teléfonos inteligentes, y ese *app* pues te enseña cosas bonitas sobre los diferentes colores.

—¡Qué interesante, Thiago! Claro que puedo darte el papel verde. Sabes que en esta clase se permiten variadas y diferentes oportunidades de aprendizaje.

Maestra Rosalin le entrega el papel a Thiago y reparte el resto a los que faltan en el grupo. Luego se acerca al niño de cabello encaracolado y ojos marrones, y le pregunta:

—Cuéntanos entonces Thiago, ¿cuál es el significado del color verde?

—El color verde es el color de la esperanza, maestra. —contesta el niño con voz energética.

—Pues muy bien. —dice Rosalin. — La esperanza es necesaria para que todos siempre esperemos lo mejor de la vida. Esperanza es esperar a que todo saldrá bien. ¿Te aprendiste algún otro color?

—Mmmm... —dice Thiago mientras se queda pensativo. Luego añade: —¡Ya me acordé! ¡Rojo!

—Excelente, ¿y qué significa?

—El *app* decía que significaba valor. —Thiago es un niño muy expresivo, así que de inmediato se pone de pie y gesticula con los brazos para mostrar sus músculos, como queriendo decir que él es fuerte: —¡Valor, fuerza!

—Perfecto. Eso me da una gran idea, chicos. ¿Qué les parece si pintan sus corazones de rojo?

—¡Sí!—gritan los demás.

—Además, les daré una tarea para hacer en la casa que me parece les va a gustar. Ustedes saben que en esta escuela nos gusta que nuestros estudiantes practiquen destrezas en la computadora. Así que la tarea será que investiguen el significado de un color y mañana traigan sus hallazgos.

—Pero maestra Rosalin, —protesta Vanesa y sus trenzas se le alborotan.— en mi casa no hay computadora.

—Eso iba a explicar ahora, Vanesa. Aquellos que no tienen computadora en la casa, pueden hacer la tarea como hizo Thiago, usando el teléfono inteligente de papá o mamá.

—¿O el de mi *herminia* mayor? —pregunta Jaime.

—Claro que sí, o el de algún hermano o hermana mayor. Bien pensado, Jaimito.

—¿Podemos usar una laptop, maestra, en vez de la computadora?—cuestiona Gregory, que es quien más aptitud ha demostrado siempre para las ciencias y los artefactos tecnológicos. Su camisa tiene un dibujo del planeta Saturno, porque a Gregory le gusta investigar sobre el espacio.

Acto seguido Oliver, su compañero de mesa, que es el más chistoso de todos, se burla de él diciendo:

—¿Qué no sabes que las laptops son computadoras también, sabelotodo?

—Las laptops, las tabletas, todas son computadoras. —exclama Julieta, la estudiante con coloridos lazos en forma de flores en su cabello.

Maestra Rosalin se da cuenta del revuelo que se ha formado entre los estudiantes, y trata de calmarlos:

—Niños, atiendan. Pueden usar cualquier dispositivo electrónico. Julieta y Gregory tienen razón. La laptop, la tableta y la computadora de escritorio se parecen, y todas sirven para ayudarnos en las tareas de investigación.

—¿Dis...poti... sivo?—añade Jaime.

Maestra Rosalin pasa su mano por el cabello del jovencito y expresa:

—Se dice "dispositivo", Jaimito, muy buen esfuerzo. Ya queda aclarado. Todas sirven para aprender, incluyendo el teléfono inteligente o "Smartphone". Así que a usarlos hoy en la casa como parte de la tarea. Asignaré a cada uno un color distinto. Diré su nombre y su color, y lo anotarán en la libreta con las instrucciones que escribiré en la pizarra electrónica. Algunos repetirán colores, porque somos doce en total, pero eso solo hará mejor la asignación ya que estaremos compartiendo resultados. Empezamos: Vanesa, tu color es el amarillo. Jaime, tu color es el azul. Gregory, tu color es el naranja. Oliver, tu color es el rosa. Julieta, tu color es el violeta. Thiago, tu color es el blanco...

Así, poco a poco, maestra Rosalin asigna todos los colores a los estudiantes de la primera mesa, y luego a los de la segunda mesa. Continúan las lecciones del día y al salir esa tarde hacia sus casas, los chicos y chicas van conversando muy entusiasmados.

2

En el auto de la familia de Vanesa, ésta va contándole a su mamá con mucha emoción, todos los detalles de la tarea a realizar.

—...y entonces yo puedo usar la tableta que usas para el trabajo, puedo bajar un "App" de significado de los colores desde la página esa de aplicaciones para *androids* y escribir mis hallazgos en la libreta. Me gusta mucho esta maestra.

—Qué bueno, Vanesa. —le dice su madre. —Solo espero que no llueva mucho ahora en la tarde, porque a veces las conexiones se vuelven algo lentas o dificultosas si hay lluvia. Y me temo que el servicio meteorológico ha vaticinado una vaguada.

—¿Vaguada? ¿Qué es eso? ¿Es como un huracán? —pregunta la niña recordando el miedo que a veces ocasionan esos fenómenos atmosféricos en la isla, con sus vientos fuertes, sus chubascos, truenos y relámpagos. Recuerda cuando el ojo del huracán pasa sobre alguna región, y la temible ventolera que a veces puede volcar autos, romper árboles, tirar al suelo palmeras y causar daños serios en el vecindario.

—No, mi amor. Un huracán es mucho peor, pero a San Germán casi nunca llegan los huracanes, por alguna razón prefieren otras partes de la Isla y no el área oeste. Una vaguada es como las lluvias de mayo, es un aguacero bien fuerte. Apenas tiene viento, pero sí mucha agua. No te preocupes, a lo mejor no pasa nada. —la calma mamá.

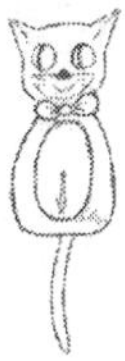

3

Entrado el atardecer, empieza el cielo a ponerse oscuro de nubarrones. En el hogar de Thiago, su padre ayuda a preparar la comida. Tiene colocado un delantal con un arcoíris de colores. Thiago le dice la siguiente broma a su papá:

—¿Y no que habías dicho que jamás volverías a cocinar porque la última vez se te quemaron unas tostadas?

—Ja, ja, ja. Tu madre es una gran mujer que cree en las oportunidades. Ella me dijo que no me rindiera, que podía volver a intentarlo.

El padre de Thiago, risueño, corta las papas, la cebolla y unos pimientos para condi-

mentar un asopao. Mientras, la mamá se acerca a Thiago y lo ayuda con el "Smartphone". De pronto el jovencito comenta:

—Parece que hay problemas con la conexión, mamá.

—Sí, Thiago. Es que cuando llueve se afectan los sistemas de comu-nicaciones. Pero dale su tiempo. Recuerda que no todo puede ser perfecto.

—Ok, mamá, aunque sea con lentitud déjame intentarlo solo por favor. Quiero ver si puedo recordar los pasos de la vez pasada.

—Está bien, mi cielo.

La madre de Thiago le da un beso en la frente, le entrega el teléfono, y se une en la cocina con su esposo, a quien comienza a ayudar en la preparación de la cena. Thiago entonces activa la aplicación que lo ayudará a descubrir el significado de los colores, y busca el color blanco, que fue el que le tocó para la asignación. A pesar de que el "App" se demora, porque ha empezado a lloviznar poco y eso a veces afecta las telecomunicaciones y las conexiones del internet, la aplicación le muestra la información que él solicita. Thiago lee la pantalla del teléfono inteligente y escribe en su libreta:

"Es el color más protector de todos, aporta paz y alivia la sensación de desespero. El blanco se asocia a la luz, la bondad, la inocencia y la pureza. El blanco, por ser luz, es lo contrario a la oscuridad".

Inmediatamente termina de escribir, nota que en la pantalla del celular se ha activado un botón llamativo, redondo, bastante grande. Ese botón se mueve, como si latiera, como si fuera un corazón. En ese instante aparecen unas palabras sobre el ícono que dicen: "Pulsa el *app* de San Germán. Para conocer más, haz clic aquí".

Thiago sabe que no debe hacer clic en aplicaciones o páginas que parezcan ofensivas o con contenido reprochable. Se lo han dicho sus padres y en la escuela la maestra también lo ha explicado muy bien. Pero ese botón que ha salido de la nada y que palpita parece ser inofensivo. Thiago se fija en el reloj de la pared que tiene forma de gato al que se le mueven los ojos muy cómicamente, y éste marca las 6:30 de la tarde. El joven entonces mira hacia donde están sus padres en la cocina. Ellos no se han dado cuenta de nada, porque juntos confeccionan la cena. Thiago vuelve a observar el celular. Vuelve a mirar el botón. Sabe que si ha terminado la tarea, debe devolver a su mamá el “Smartphone”, pero algo le dice que esa pantalla es importante. Las palabras en el ícono cambian, y ahora dicen: “Si quieres saber la verdadera historia de tu pueblo pulsa el *app* de San Germán. Para conocer más, haz clic aquí”.

Thiago decide que quiere saber más, porque en la escuela siempre le están diciendo que aprender es importante. En el momento que con su dedo toca el botón, empieza a llover más fuerte y de pronto cae un rayo. Acto seguido, Thiago desaparece. La silla en la que se encontraba sentado queda vacía. Sus padres, que han estado de espaladas cocinando, no se dan cuenta.

4

Mientras tanto, en el hogar de Vanesa, ella está usando la tableta de su madre sentada en la butaca de la sala. Justo cuando está escribiendo en su libreta el significado del color amarillo, caen algunos relámpagos. El cielo se ha oscurecido repentinamente. La mamá está de espaldas a ella, dándole de comer al gato, así que no nota que a Vanesa le aparece un botón en la pantalla de la tableta que se mueve como si latiera, como si fuera un corazón. Tampoco se da cuenta la mamá de Vanesa que en ese instante aparecen unas palabras sobre el ícono que dicen: "Pulsa el *app* de San Germán para conocer su verdadera historia. Haz clic aquí". Mucho menos se da cuenta del momento en que la niña toca el círculo, haciendo clic en él. Cae un rayo y Vanesa desaparece de la sala.

5

Lo mismo sucede con Gregory, que usa la laptop de la casa. Gregory está en su cuarto, concentrando en su tarea. Tiene la puerta del dormitorio abierta, y de vez en cuando su padre, con un pote de champú en la mano, pasa correteando de un lado a otro tratando de agarrar al perro que no se deja bañar. Cuando Gregory desaparece, motivado por el mismo botón del *app* de San Germán y el ruido del trueno, su padre continúa pasando de un lado a otro por el frente de la puerta, intentando aferrar a la mascota y sin percatarse de que el niño ya no está allí.

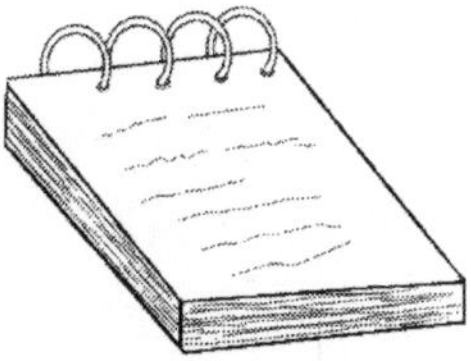

6

En la casa de Jaimito, mientras éste usa el celular de su hermana, sucede lo mismo. Cae un rayo y de pronto puf. Jaimito deja de escribir. Su lápiz se queda erguido unos instantes y luego cae sobre el suelo, en donde él se encontraba sentado realizando el escrito sobre la tarea del color azul.

Esa misma noche, luego del deslumbrante relámpago que ocasiona el rayo, se esfuman también de sus casas Oliver y Julieta. El primero se encuentra recostado en su cama utilizando el teléfono de su abuelita, mientras Julieta deja la silla del comedor vacía, luego de haber estado transcribiendo de la computadora de escritorio.

De pronto, y a la vez, todo el sexteto reaparece adentro de unas ruinas con poca luz: Thiago, Vanesa, Gregory, Jaime, Oliver y Julieta. El lóbrego lugar parece un túnel. Ellos miran desconcertados todo a su alrededor. Han sido colocados en un círculo, sentados en el suelo, así que tan pronto se ven las caras, se asustan. Thiago es el primero que se levanta y cuestiona:

—¿Cómo hemos llegado aquí? Yo estaba ahora mismo en mi casa con mis papás...

—Esto parece obra de algo mágico.—dice Vanesa.

—A mí me parece muy chistoso. El viaje me ha hecho cosquillas en el estómago. —añade Oliver, un poco mareado.

—¿Cuál viaje?—pregunta Julieta, quien es la segunda en ponerse de pie.

—Pues este. El viaje que nos ha traído aquí. —contesta Gregory. —Al parecer hemos sido víctimas de algún "túnel de tiempo" o "wormhole". Son eventos perfectamente científicos y pueden sucederle a cualquiera, según he visto en los documentales.

—¿Guormejol?—pregunta Jaimito y se echa a reír.

— ¿Wormhole? — repite Gregory, que ahora también se pone de pie. —Es en inglés y es un término de Einstein. Se supone que se unen dos puntos en el espacio-tiempo y uno puede teletransportarse de un lugar a otro. Tiene perfecta lógica para mí. Hemos llegado aquí gracias a los rayos y relámpagos de la vaguada. De seguro activó algún campo magnético.

—Tú y tus cosas científicas. —le responde Thiago.

—Claro, claro, y Einstein es el viejito ese loco con los pelos canosos y parados que te pones a veces en las camisetas. —dice Oliver.

—Ay, Oliver, te crees muy gracioso. Einstein es un científico. —le contesta Vanesa, que también se va levantando.

Finalmente todos ya se encuentran de pie y se dan cuenta de que el lugar tiene algo de luz. Es muy poca, pero basta al menos para no sentirse aterrados.

Thiago ya se ha aventurado a mirar a su alrededor mientras los demás conversan. Toca las paredes y nota que están hechas de un ladrillo parecido a los adoquines de la Plaza de Recreo del pueblo, pero más anchas. Nota también que en efecto el grupo está metido dentro de lo que parece un túnel.

—Lo importante es averiguar qué nos ha traído hasta aquí.—exclama Gregory.

—Eh, no creo. Lo *impertonte* es saber hasta cuándo *estiraremos* aquí.—añade Jaime.

—Sí, hasta cuándo estaremos, pero mejor aún, cómo vamos a salir.—especula Vanesa.

Thiago da unos pasos hacia el frente y poco a poco empieza a caminar en una de las dos direcciones.

—¿Cómo sabes que hay que ir por ese camino?—pregunta Oliver. —¿Y si se aparece un monstruo?

—Que monstruo ni que nada. Sabemos que los monstruos no existen.—dice Gregory.

—No sé si es o no por aquí.—contesta Thiago.—Pero algo tendremos que hacer y no me parece que quedarnos en este mismo lugar sea lo correcto.

Thiago decide cambiar la dirección y regresa sobre sus pasos, pasa frente al grupo e intenta ir hacia el otro lado del camino. De pronto, el pedazo de suelo que él pisa se ilumina por un color verde que asusta a todos y los hace retroceder. El tramo que ha pisado Thiago se apaga en el momento en que él se hace hacia atrás. Todos contienen la respiración en un sonoro suspiro hasta que Vanesa incita:

—¡Vuelve a pisarlo!

Thiago, suave y cuidadosamente, obedece la orden de Vanesa. Pisa de nuevo sobre el espacio de camino de ese lado del túnel, y éste se enciende. Da unos cuantos pasos más, y el siguiente pedazo se ilumina ahora de color blanco muy brilloso. El siguiente paso que da, alumbra el piso con el color violeta. Así sucesivamente Thiago y el resto del grupo que lo sigue en fila, se dan cuenta que los peldaños se intercalan con esos tres colores: verde, blanco y violeta.

—El pueblo de San Germán tiene por debajo un sistema de túneles de la época española. Quizás hemos aparecido en uno de esos túneles y estamos atrapados subterráneamente. —comenta Gregory, recordando lo discutido en clase durante los pasados días.

Y justo en ese momento, ante los ojos sorprendidos de los chicos, aparece una criatura brillante. La criatura tiene forma de un hada, se parece a algunas que ellos han visto en los libros de cuentos en la escuela. No posee alas ni varita mágica, pero flota en el aire, la cubre una estela de luz y les sonríe. Además tiene un sombrero muy curioso.

—Hola, queridos. Mi nombre es Ernilín y soy su ayudante y guía por la noche de hoy, acá en el sistema de túneles de la antigua ciudad de San Germán.

—¿De dónde has salido?—pregunta Thiago.

—He salido de la tormenta. Como sabrán, las vaguadas son pequeñas tormentas tropicales, con mucha energía magnética.

—¿Es esto un *wormhole*? —inquiere Gregory.

—Algo así. Solo que ustedes han cambiado de espacio, no de tiempo. La mayoría de los agujeros dimensionales que se abren durante tormentas magnéticas trabajan una sola constante, como en este caso. Pero no quiero confundirlos. Ustedes siguen estando en la misma época y el mismo año, eso de seguro, pero no en el mismo lugar. Apuesto a que les ha parecido maravilloso eso de desaparecer de un sitio y luego ¡zas!, reaparecer en otro.

—No mucho. Es algo *confusado* y nos ha dado mareo. —indica Jaime.

—Entonces así es que hemos llegado hasta aquí, por la vaguada. —reflexiona Vanesa. —¿Y cómo volvemos a nuestra casa?

—Fácil. Tienen que seguir los túneles y activar un centro de energía cada vez que se encuentren en un camino cruzado.

—¿Cruzado?

—Anjá. Ahora mismo el túnel solo tiene dos vías, dos opciones para ir: hacia el frente o hacia atrás, pero si siguen caminando en algún momento llegarán a un punto en que se cruza otra vía. Una convergencia.

—¿Una converqué?—se asombra Oliver y se echa a reír.

—Convergencia. Es la unión de dos o más caminos que coinciden en un mismo punto. Será así como tendrán opción de cuatro vías para elegir.

—Claro, como las líneas perpen-diculares que estudiamos en geome-tría.— comenta Gregory.

—¿Y cómo sabremos hacia dónde ir?— interroga Julieta.

—Fácil. Me hacen aparecer de nuevo y yo les ayudaré con un enigma.

—¿Enigma?

—Correcto.

—¿Cómo te hacemos aparecer?—intercede Vanesa.

—Igualito como me hicieron aparecer hace unos minutos.

—Pero es que no hicimos nada.—sentencia Thiago.

—Bueno, algo hicimos, lo que pasa es que no sabemos qué fue. —aclara Gregory.

—Ah, comprendo. Pues es sencillo. —contesta Ernilín.

—Oye, para ti todo es sencillo o fácil. —dice Oliver y se echa una carcajada. —Así cualquiera.

—Soy una guía hechicera que pertenece al grupo de guardianas de la reina Germana Foix.—dictamina Ernilín.

—¿Germana *Fuá*?—pregunta Jaime.

—La reina Germana Foix. —insiste Ernilín. —Ella es la regente que custodia este pueblo desde su fundación en el siglo 16. Nosotras, las guardianas de la reina, tenemos algunos poderes mágicos, la ayudamos y custodiamos el pueblo junto a ella. Además, somos las portadoras de los tres enigmas que les permitirán regresar a la superficie. Cuidamos que todo siga en orden y sin que se altere la historia. Nos encargamos también de reclutar personas para que amen más sus orígenes. Si han llegado hoy aquí, es para aprender una lección importante.

—¿Cuál?

—Eso solo lo sabrán ustedes al final de esta aventura. Yo ahora me debo ir, no nos permiten quedarnos por mucho tiempo. Pero cada vez que alguno me necesite, puede hacerme aparecer si menciona un dato histórico sobre San Germán. Eso fue lo que hicieron al principio, ¿recuerdan? Gregory mencionó el sistema de túneles de la época española y eso fue lo que me trajo aquí.

—Es cierto. Gracias, Ernilín. —empieza a decir Thiago, pero antes de quc el joven termine, ya la guardiana ha desaparecido.

7

La ganga entonces continúa por el camino que se va iluminando por los colores blanco, violeta y verde a medida que avanzan. Se entusiasman mucho al poder constatar que la construcción de aquel túnel es de ladrillo y piedra y que posee un techo en forma de bóveda. Su recorrido parece ser en línea recta la mayor parte del tiempo, salvo por algunas desviaciones casi imperceptibles que se presentan. A veces los muchachos sienten la impresión de saber dónde se hallan si estuvieran arriba en la superficie.

—¿Y si estamos debajo de la Calle Luna? Me parece oler el pan que hornean en la Panade-

ría de doña Marisol.—dice Oliver. —Ay, ya tengo hambre.

Entonces Vanesa señala:

—Miren. Hemos llegado hasta el lugar cruzado. Aquí es la convergencia.

Y en efecto, el grupo ya se ha acercado hasta ese sitio en que se pueden observar cuatro distintas direcciones, incluyendo aquella por donde vienen.

—Pronto. Alguien debe decir algo histórico para que reaparezca Ernilín y nos pueda ayudar.—invita Thiago.

—Este..., un dato histórico puede ser que la isla de Puerto Rico se llamaba antes Boriquén.—cuenta Oliver.

—Ese no. Tiene que ser un *estúrico* de San Germán.—explica Jaime y todos aseveran con sus cabecitas cuando se dan cuenta que en efecto, Ernilín no ha aparecido. Se quedan pensativos y es Julieta quien rompe el silencio:

—¿Qué tal este? San Germán fue uno de los dos partidos en que estuvo dividida la isla de Puerto Rico en un principio. San Juan era la otra parte de esa división.

Y justo en ese momento, ante los ojos expectantes del grupo, hace aparición Ernilín, con su sombrero curioso y su brillantez. Aparece riéndose y Oliver la imita, con carcajadas como si tuviera hipo.

—Hola, queridos. Qué bueno que ya han avanzado bastante. Imagino que están locos por regresar.

—¡Sí! —gritan a coro.

—Pues que bien, pero aún les falta camino. Además, acá abajo hace mejor clima, estamos más calientitos. Arriba en la ciudad cae lo que podríamos llamar un diluvio.

—¿Cuál de los caminos debemos tomar ahora, Ernilín?— pregunta Thiago.

—Bueno, a ver. El sistema de túneles de San Germán está constituido por un túnel central y varios túneles laterales menores. Su recorrido sigue el contorno de las lomas. Recordemos que para adelantar ya les había indicado que deben descubrir un enigma. Si lo descifran, podré decirles cuál dirección tomar.

La guardiana se quita el sombrero y de dentro de él saca un rollo antiguo como los hechos de papiro. Vuelve a colocarse el sombrero que ahora indica el número romano I en la parte de al frente. Ese número no lo tenía antes, ha aparecido como por arte de alguna hechicería. La guardiana entonces lee el papiro:

—A ver... aquí dice: ¿Cuál es el cognomento del pueblo de San Germán?

—¿Cognoqué?—pregunta Oliver y se echa a reír nervioso.

—Cognomento. Es decir, ¿cómo se le llama, o con qué otro nombre se conoce al pueblo de San Germán?

Los chicos se consultan, discuten por algunos minutos. Gregory, que cree conocer la respuesta dice que desea responder.

—Puedes responder, Gregory. —dice Ernilín — La única advertencia que debo hacer es que si la respuesta es incorrecta, no podré volver a aparecer y deberán regresar ustedes solos, por su cuenta.

Todos se quedan sorprendidos y Gregory permanece quieto, sin atreverse a decir nada. Vanesa, que cree recordar lo discutido en clase, se lanza:

—Yo... creo... que es...lo que la maestra nos contó en la sección de la geografía del pueblo... ¿se le conoce también como la ciudad de las lomas?

—¡Sí, queridos! Eso es correcto.—indica la guardiana y da vueltas en el aire mientras los chicos lo celebran, aplauden y hasta bailan.

—Es cierto, es cierto.—añade Gregory.— No estaba seguro, pero sí, cuando hablamos de topografía en clase se dijo que se le conocía como la ciudad de las lomas, la ciudad peregrina y hasta como el pueblo de las golondrinas.

—¡Perfecto!—exclama Ernilín.— La ruta de los túneles de este lado corre desde la calle Ferrocarril al lado de la antigua estación del tren hasta el río. Sale de la calle Ferrocarril hacia el noroeste y pasa debajo de los edificios de la Calle Luna esquina Esperanza. Si algún día están en la superficie, y pasan por allí, no olviden adquirir pan horneado, puesto que hacen el mejor del mundo. ¡Delicioso! Para que puedan ir devuelta a sus casas, deben caminar hacia allá.

Entonces Ernilín apunta con el dedo y desaparece. El grupo redirige sus pasos por el camino señalado.

8

Nuevamente llegan hasta una convergencia. Se miran exhaustos, luego de tanto andar. Thiago pregunta si alguien recuerda algún dato histórico y Julieta se avienta:

—Dos de los sangermeños más importante fueron Lola Rodríguez de Tió y Francisco Mariano Quiñones.

De inmediato aparece Ernilín con su sombrero y su brillantez, y les dice:

—Hola, queridos. Qué bueno que ya han recorrido bastante. ¿Listos para el enigma?

Todos concuerdan en que sí. La guardiana se quita el sombrero y de dentro de él saca otro papiro. Vuelve a colocarse el sombrero que aho-

ra indica el número romano II en la parte de al frente y lee el rollo:

—Bien, a ver. ¿Cuál es el himno de San Germán?

El grupo se rasca la cabeza, hacen muecas pensativas y se quedan en silencio un rato. De pronto Jaimito empieza a entonar:

—San Germán es mi pueblo *cuerido*, en sus lomas alegres nací. Y no *encuntro* otro sitio en el mundo, donde yo pueda ser tan feliz. Es antiguo, *legendinario* y muy culto, y fue cuna de hombres *grendes* ayer. De poetas, *maestrios*, artistas, y de damas muy *nubles* también.

—¡Correcto!—dice Ernelín. Ese es el himno: "San Germán es mi pueblo querido". Los felicito.

El grupo saluda celebratoriamente a Jaime, y la guardiana continua diciendo:

—Aquí deben voltear 90 grados hacia el este por esa vereda. Sigan esa dirección hasta alejarse del hotel Parador Oasis que se encuentra sobre sus cabezas, y pasarán la esquina de la calle Rama, donde empieza a desviarse el túnel hacia el noroeste. Por allá es.

9

La guardiana desaparece y los chicos vuelven a dar palmadas de felicitación a Jaimito, que se emociona mucho. Thiago sugiere que se sienten a descansar un rato, porque ya han caminado bastante. Mientras están sentados, Julieta expresa:

—¿Sienten el olor de guanábanas, papayas, guayabas y cocos?

La chica piensa que muy posiblemente están debajo de la plaza del mercado en donde se consiguen los más frescos frutos y vegetales del país. Cada uno comienza a imaginar su fruta predilecta y a saborear mentalmente el momento de llevarla a los labios. Luego de unos minutos, Vanesa rompe el descanso:

—Corillo, hay que pensar muy bien lo que vamos a hacer ahora. Esta es nuestra última oportunidad y ya dijo la hechicera que si contestamos mal el enigma, no nos podrá ayudar. ¿Qué les parece si antes de continuar hacemos un repaso de los datos históricos que conocemos y que nos quedan por mencionar para cuando nos hallemos en una convergencia?

Así es como se ponen de acuerdo e inician una discusión grupal. Se dan cuenta que ya casi todo lo que saben de San German se ha dicho y empiezan a ponerse nerviosos. De lo poco que queda por decir Oliver menciona otro cognomento, ya que a San German también se le llama la ciudad fundadora de pueblos, Gregory habla de la ceiba de la libertad sembrada en 1897 al final de la Calle Esperanza y Thiago dice algunas cosas sobre Aurelio Tió, otro prócer sangermeño. Reponen el paso y cuando llegan a la última convergencia es Gregory el que cita su dato. Enseguida aparece Ernilín.

—Hola, queridos. Qué bueno que ya están a punto de regresar a sus hogares. ¿Listos para el enigma final?

—¡Sí!—gritan al unísono.

—Bien, a ver. ¿En cuántas partes está dividido el escudo de San Germán?

De inmediato se miran con los ojos muy abiertos. Sorprendidos porque ninguno parece recordar, Julieta exclama:

—En dos.

Se hace un silencio aterrador hasta que Ernilín empieza a decir que no con la cabeza.

—En tres.— grita Vanesa.

—En seis.—añade Oliver y se echa a reír nerviosísimo. Ernilín entonces proclama:

—¡No! Lo siento. Ninguna es la respuesta correcta.

Entonces Ernilín desaparece ante los ojos atónitos de los chicos.

10

Los primeros minutos parecen eternos. Thiago comienza a dar vueltas alrededor del mismo lugar, logrando que se prendan los colores iluminados del suelo en forma de círculo. Los muchachos actúan sorprendidos y hasta un poco atemorizados al saber que no cuentan con más ayuda.

—Estoy a punto de echarme a llorar—dice Oliver, ya sin ninguna risa a flor de boca.

—¿Dónde está Jaime?—procura Vanesa y todos miran alrededor a ver si logran dar con él. Pero no, Jaimito no está por todo aquello.

Julieta, que se pone muy nerviosa, comienza a vociferar:

—¡Ernilín! ¡Ernilín!

Gregory la sigue:

—¡Guardiana! ¡Necesitamos tu ayuda! ¡Guardiana!

—Así no va a aparecer. —comenta Thiago.— Ella nos explicó muy bien lo que sucedería si contestábamos mal. Sugiero regresar por donde veníamos, para tratar de encontrar a Jaimito.

Los demás lo siguen y en poco tiempo se hallan de vuelta en la convergencia anterior. Allí descubren a Jaimito en el suelo, quien al parecer, se ha quedado dormido.

—¿Qué pasa?—dice él sobresaltado.—Estaba *soñuando* con mamá.

—¿Te quedaste dormido?—le pregunta Vanesa.

—Estoy *cansasado.*

—Vamos, Jaime. Que hay que seguir, y esto se pone cada vez más difícil. —Thiago lo ayuda a ponerse de pie.

El grupo camina de vuelta al punto de convergencia final, en donde no lograron una respuesta correcta con la guardiana. Allí todos se quedan mirando a Thiago, como preguntándole qué hacer. Incluso Gregory, que es el más estofón del grupo, se cruza de brazos y observa a Thiago.

—La ceiba de la libertad de San Germán fue sembrada en honor a la abolición de la esclavitud.—pronuncia Thiago, y enseguida vuelve a aparecer Ernilín. Ella parece estar desconcertada.

—Hola, queridos. Sé que me acaban de convocar, pero realmente no puedo ayudarlos.

—Lo entendemos, Ernilín.—contesta Thiago. —Pero tanto en la escuela, como en nuestras casas se nos dice a menudo que el mundo es uno de oportunidades. Que si algo no nos sale bien, debemos seguir tratando. Nos gustaría que... este...

El chico se rasca el cabello. Mira a sus demás compañeros que ya están cansados, hambrientos, deseosos de regresar a sus casas y añade:

—Me gustaría... si fuera posible que... que reconsideraras. Que lo pensaras mejor y nos dieras otra oportunidad. Hemos hecho un gran esfuerzo todos nosotros, hemos colaborado en equipo. Mamá siempre dice que no todo puede ser perfecto. Y además, hemos entendido la lección de la que hablaste al principio. La lección es que tenemos que aprender nuestra historia, nuestras raíces y nos irá mejor en la vida.

Ernilín asiente pausadamente. Sonríe conmovida. Finalmente acepta y exclama:

—Tienes razón. El mundo está hecho para dar y recibir oportunidades. Y estás en lo correcto, esa es la lección que hay que aprender.

Los jóvenes se abrazan y celebran. Luego guardan silencio y observan con mucho cuidado a Ernilín, quien se dispone a establecer un nuevo enigma y exclama:

—A ver... a modo de aclaración, es importante mencionar que el escudo del pueblo está divido en cuatro partes o segmentos. Destacado ese punto, ahora les digo que ustedes están debajo de la calle Dr. Veve casi esquina Javilla. Aquí el túnel da un viraje hacia el norte, internándose en la urbanización Vivoni y pasando junto al Museo Ruiz. Algunas de sus casas están por aquí, otros viven más cerca y algunos más lejos. Pero si contestan correctamente el nuevo enigma, reaparecerán en sus hogares del mismo modo que aparecieron aquí, muy tranquilamente.

Ernilín se quita el sombrero y de dentro extrae un rollo antiguo de color dorado brillante.

Este es más llamativo que los otros que ha sacado en las ocasiones anteriores. Entonces lee:

—A ver... aquí dice: ¿Qué significado tienen los colores verde, blanco y violeta de los patrones de ladrillos que se han ido iluminando todo este tiempo en el suelo del túnel?

Vanesa recuerda la discusión en clase sobre el color verde y expresa emocionada:

—El verde es el color de la esperanza.

Como a Thiago se le asignó el blanco, comenta:

—El blanco quiere decir luz, bondad, pureza.

Julieta se concentra y trata de explicar lo que había conseguido esa tarde realizando la tarea sobre el color asignado y afirma:

—El violeta o púrpura significa nobleza, energía. Y también leí que de ese color era el escudo de Juan Ponce de León, primer gobernador de Puerto Rico.

El grupo muy nervioso mira a Ernilín. Oliver se tapa los ojos y Jaime los oídos. Ernilín muestra un poco de perturbación con un gesto de labios. Los mira con sumo cuidado y cuando se dispone a hablar, Gregory la interrumpe y grita:

—Espera, espera. Lo más importante es que esos son los colores de la bandera del pueblo de San Germán.

—¡Sí! Eso es cooooooorrecto. —dice Ernilín y los aplausos y movimientos de baile entre ellos no se hace esperar, hasta que de pronto, uno por uno, comienzan a desaparecer. Ernilín apenas puede despedirse. Hace un movimiento de "adiós" con la mano y susurra:

—Buena suerte, buenos amigos.

Acto seguido también desaparece.

11

Como rodeados por un prisma lumínico, cada uno de los chicos reaparece en las habitaciones de sus hogares, y es como si el tiempo no hubiera pasado en absoluto. En la casa de Thiago el reloj en forma de gato al que se le mueven los ojos divertidamente, aún marca las 6:30 de la tarde y sus padres todavía confeccionan la cena de espaldas en la cocina. En el momento en que Thiago vuelve a hacerse visible sentado en su silla, da un brinco de susto y se cae. Papá y mamá se voltean y le preguntan:

—¿Estás bien?

Y cuando Thiago comienza a reírse a carcajadas, sus padres, que ya han procurado que nada grave le ha pasado, se unen en risas con él.

Al día siguiente, ha escampado por fin. Los estudiantes van llegando poco a poco al salón y se van mirando con extrañeza. Ninguno se atreve a preguntar al otro nada. En el momento en que Maestra Rosalin pregunta por la tarea, toda la mesa de Thiago suelta carcajadas sonoras que esconden la secreta aventura. Y de pronto Jaimito comenta:

—A ver... ¿por dónde quiere que *empecememos*?

Yolanda Arroyo Pizarro es la escritora puertorriqueña que más adora la novela *El Principito.* Tiene una colección de 220 ejemplares en varios tamaños e idiomas como japonés, griego, turco, italiano, nahualt y braille. Sus historias están habitadas por los astros, los planetas y asteroides, como un claro homenaje a este texto que tanto significado tiene para ella. La autora es madre de una preciosa hija de nombre Aurora, en quien se ha inspirado para escribir poemas, cuentos cortos y novelas. El blog virtual de la autora en internet se titula *Boreales*, y ha sido provocado por las hermosas luces boreales y australes que se pueden ver desde el Polo Norte y el Polo Sur, también en claro homenaje a su unigénita.

Sus escritos promueven maravillosas lecciones que denuncian la justicia social y la igualdad entre todos los seres humanos. También visibilizan apasionados enfoques sobre la discusión de la afroidentidad y la derogación del racismo. Es Directora del Departamento de Estudios Afropuertorriqueños, proyecto performático de Escritura Creativa que responde a la convocatoria promulgada por la UNESCO de celebrar el Decenio Internacional de los Afrodescendientes. Dirige la Cátedra de Mujeres Negras Ancestrales con sede en EDP University en San Juan, Puerto Rico y ha sido invitada por la ONU al Programa "Remembering Slavery" para hablar de mujeres, esclavitud y creatividad en 2015, y presentar el Proyecto de la Cátedra en Harvard University en 2017.

Esta activista a la que le encanta escribir sobre las lanchas de su pueblo natal, Cataño, ha ganado los siguientes galardones: Premio Nacional del Instituto de Literatura Puertorriqueña en 2008, Premio Nacional de Cuento PEN Club de Puerto Rico en 2013, y Premio del Instituto de Cultura Puertorriqueña en 2012 y 2015. Fue elegida como una de las escritoras más importantes de América Latina en 2007 durante la iniciativa Bogotá 39 y ha sido elegida Escritora del Año en Puerto Rico en 2016.

Ha publicado los libros infantiles y juveniles: *Thiago y la aventura del huracán.* (Editorial EDP University, 2018) *Las Reyas Magas* (Editorial EDP University, 2017) *Negrita linda como yo: versos dedicados a la vida de la Maestra Celestina Cordero* (Cátedra de Mujeres Ancestrales, 2017) *Oscarita: la niña que quiere ser como Oscar López Rivera* (Cátedra de Mujeres Ancestrales, 2016) *María Calabó* (Cátedra de Mujeres Ancestrales, 2016) *Las caras lindas* (Editorial

EDP University, 2016) *Capitán Cataño y las trenzas mágicas* (Editorial EDP University, 2015) *Thiago y la aventura de los túneles de San Germán* (Editorial EDP University, 2015) *Mis dos mamás me miman* (Editorial Boreales, 2011) *La linda señora tortuga* (Ediciones Santillana, 2017). A Yolanda le fascina leer, escribir, bailar y cantar desafinadamente. Durante su adolescencia dibujaba y pintaba, y le encantaría volver a conectarse con ese arte. Es fanática de la Torre Eiffel, los juegos de dominó y el chocolate oscuro.

Made in United States
Orlando, FL
06 March 2022

15440462R00038